L'heure des histoires

Au moment de l'**heure des histoires**, tandis que l'un regarde les images et l'autre lit le texte, une relation s'enrichit, une personnalité se construit, naturellement, durablement.

Pourquoi ? Parce que la lecture partagée est une expérience irremplaçable, un vrai point de rencontre. Parce qu'elle développe chez nos enfants la capacité à être attentif, à écouter, à regarder, à s'exprimer. Elle élargit leur horizon et accroît leur chance de devenir de bons lecteurs.

Quand ? Tous les jours, le soir, avant de s'endormir, mais aussi à l'heure de la sieste, pendant les voyages, trajets, attentes... La lecture partagée permet de retrouver calme et bonne humeur.

Où ? Là où l'on se sent bien, confortablement installé, écrans éteints... Dans un espace affectif de confiance et en s'assurant, bien sûr, que l'enfant voit parfaitement les illustrations.

Comment ? Avec enthousiasme, sans réticence à lire « encore une fois » un livre favori, en suscitant l'attention de l'enfant par le respect du rythme, des temps forts, de l'intonation.

Traduction : Éditions Autrement

ISBN : 978-2-07-062983-1
Titre original : *The Gruffalo*
Publié pour la première fois par
Macmillan Children's Books Ltd., Londres
© Julia Donaldson, 1999, pour le texte
© Axel Scheffler, 1999, pour les illustrations
© Éditions Autrement, 1999,
pour la traduction française
© Éditions Gallimard Jeunesse,
2010, pour la présente édition
Numéro d'édition : 241609
Loi n° 49-956 du 16 juillet 1949
sur les publications destinées à la jeunesse
Premier dépôt légal : avril 2010
Dépôt légal : novembre 2011
Imprimé en France par I.M.E.

Julia Donaldson - Axel Scheffler

Gruffalo

GALLIMARD JEUNESSE

Une petite souris se promène dans un bois
très sombre. Un renard l'aperçoit de son
terrier et la trouve bien appétissante.
– Où vas-tu, jolie petite souris ? Viens,
je t'invite à déjeuner dans mon humble
demeure.
– Merci infiniment, monsieur le Renard,
mais je ne peux accepter !
J'ai rendez-vous avec un gruffalo.

– Un gruffalo ? C'est quoi un gruffalo ?
– Comment, vous ne connaissez pas le gruffalo !

Il a des crocs
impressionnants

et des griffes
acérées,

ses dents sont plus coupantes
que celles d'un requin.

– Où avez-vous rendez-vous ?
– Ici, près des rochers.
Et son plat préféré, c'est le renard
à la cocotte.

– Le renard à la cocotte, vraiment?
Bon, eh bien, salut, p'tite souris,
dit le renard en hâte.
Et il se sauve.

– Pauvre vieux renard, il ne sait donc pas
que le gruffalo n'existe pas!

La petite souris continue sa promenade
dans le bois très sombre.
Un hibou l'aperçoit du haut de son arbre
et la trouve bien appétissante.
– Où vas-tu, jolie petite souris ? Viens,
je t'invite à prendre le thé dans mon nid !
– Merci infiniment, monsieur le Hibou,
mais je ne peux accepter !
J'ai rendez-vous avec un gruffalo.

– Un gruffalo ? C'est quoi un gruffalo ?
– Comment, vous ne connaissez pas le gruffalo !

Ses genoux ont
des bosses,

ses orteils sont
tout crochus,

son nez porte une affreuse verrue !

– Où avez-vous rendez-vous ?
– Ici, au bord de l'eau.
Et son plat préféré, c'est le hibou au sirop.

– Le hibou au sirop ? Excusez-moi, mais je dois partir. Salut, p'tite souris, dit le hibou précipitamment.
Et il s'envole.

– Pauvre vieux hibou, il ne sait donc pas que le gruffalo n'existe pas !

La petite souris continue sa promenade
dans le bois très sombre. Un serpent l'aperçoit
et la trouve bien appétissante.
– Où vas-tu, jolie petite souris ? Viens,
je t'invite à une fête dans mes appartements !
– Merci infiniment, monsieur le Serpent,
mais je ne peux accepter !
J'ai rendez-vous avec un gruffalo.

– Un gruffalo ? C'est quoi un gruffalo ?
– Comment, vous ne connaissez pas le gruffalo !

Ses yeux
sont orange,

sa langue est
toute noire,

son dos est couvert
d'affreux piquants violets !

– Où avez-vous rendez-vous ?
– Ici, sur la rive.
Et son plat préféré, c'est le serpent aux olives.

– Le serpent aux olives ? Oh ! mais j'y pense,
je suis attendu. Salut, p'tite souris,
siffle le serpent avec empressement.
Et il s'enfuit.

– Pauvre vieux serpent, il ne sait donc pas
que le gruffal…

... Oh !

Quel est ce monstre avec ses crocs impressionnants,
ses griffes acérées, ses dents plus coupantes que
celles d'un requin ? Ses genoux ont des bosses,
ses orteils sont tout crochus, son nez porte
une affreuse verrue, ses yeux sont orange
et sa langue toute noire, son dos est couvert
d'affreux piquants violets.

– Au secours ! À l'aide !
C'est un gruffalo !

– Une petite souris, mon plat préféré !
gronde le gruffalo. Tu seras succulente,
sur un lit d'artichauts !

– Succulente ? dit la souris. Ne dites plus
jamais ce mot ! Je suis la terreur de ces bois.
Suivez-moi et, vous allez voir, tout le monde
tremble devant moi !

– Parfait, dit le gruffalo, secoué de rire.
Voyons ça ! Passe la première, je te suis.
Ils marchent un petit moment.

Tout à coup le gruffalo murmure :
– J'entends siffler dans l'herbe, par ici.

– C'est un serpent, dit la petite souris.
Bonjour, mon ami !
Le serpent regarde du coin de l'œil le gruffalo.
– Oh, ciel ! siffle-t-il. Salut, p'tite souris.
Et il s'enfuit en rampant le plus vite possible.

– Vous voyez ? Je vous l'avais bien dit.
– Stupéfiant ! rétorque le gruffalo.

Ils reprennent leur marche.
Tout à coup, le gruffalo murmure :
– J'entends un hou-hou dans les arbres !

– C'est un hibou, dit la petite souris.
Bonjour, mon ami !
Le hibou regarde du coin de l'œil le gruffalo.
– Mon Dieu ! s'écrie-t-il. Salut, p'tite souris.
Et il s'envole aussi haut qu'il peut.

– Vous voyez ? Je vous l'avais bien dit.
– Étonnant, remarque le gruffalo.

Ils marchent encore.
Tout à coup, le gruffalo murmure :
– Voilà que j'entends des pas près d'ici.

– C'est un renard. Bonjour, mon ami !
Le renard regarde du coin de l'œil
le gruffalo.
– Au secours, glapit-il. Salut, p'tite souris.
Et il s'engouffre dans son terrier.

– Alors, triomphe la souris, vous voyez ?
Tout le monde tremble devant moi.
Et maintenant, j'ai très faim.
Et mon plat préféré, c'est le gruffalo en purée.

– Le gruffalo en purée ! Salut, p'tite souris !
Et l'affreuse créature se sauve en courant.

La paix règne dans la forêt très sombre.
La petite souris, assise sur un rocher,
savoure tranquillement une noix délicieuse.

L'auteur

Julia Donaldson a grandi dans le nord de Londres au sein d'une grande famille où tout le monde aimait la lecture et fréquentait assidûment la bibliothèque et la librairie du quartier. Julia a ainsi commencé à écrire très jeune.

Après ses études à l'université de Bristol, elle poursuit une carrière d'auteur de chansons. Son association avec Axel Scheffler donne naissance à de nombreux succès tels que *Gruffalo*, devenu un grand classique.

Julia Donaldson vit à Glasgow où elle enseigne l'anglais. Elle écrit aussi pour la BBC, le théâtre et l'industrie du disque, et organise des ateliers de théâtre et de musique pour les enfants.

L'illustrateur

Axel Scheffler est né en 1957 à Hambourg (Allemagne) où il a étudié l'histoire de l'art avant de se rendre en Angleterre, où il vit toujours! Ses travaux ont retenu l'attention de bon nombre de publicitaires et d'éditeurs, et sont aujourd'hui devenus célèbres dans le monde entier.

Il est l'illustrateur de *Gruffalo*, grand succès, qui s'est vendu à des millions d'exemplaires. Aussi célèbre en Allemagne que dans les pays anglo-saxons, il vit à Londres, avec sa femme Clémentine, une française, et leur fille Adélie.

L'heure des histoires

Dans la même collection

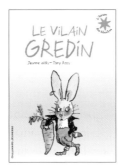

n° 1 *Le vilain gredin*
par Jeanne Willis
et Tony Ross

n° 2 *La sorcière Camembert*
par Patrice Leo

n° 3 *L'oiseau qui ne savait
pas chanter*
par Satoshi Kitamura

n° 4 *La première fois
que je suis née*
par Vincent Cuvellier
et Charles Dutertre

n° 5 *Je veux ma maman !*
par Tony Ross

n° 6 *Petit Fantôme*
par Ramona Bădescu
et Chiaki Miyamoto

n° 7 *Petit dragon*
par Christoph Niemann

n° 8 *Une faim de crocodile*
par Pittau et Gervais

n° 9 *2 petites mains
et 2 petits pieds*
par Mem Fox
et Helen Oxenbury

n° 10 *La poule verte*
par Antonin Poirée
et David Drutinus

n° 11 *Quel vilain rhino !*
par Jeanne Willis
et Tony Ross

n° 12 *Peau noire peau blanche*
par Yves Bichet
et Mireille Vautier

n° 13 *Il y a un cauchemar
dans mon placard*
par Mercer Mayer

n° 18 *L'énorme crocodile*
par Roald Dalh
et Quentin Blake

n° 19 *La belle lisse poire
du prince de Motordu*
par Pef

n° 28 *Oh là là !*
par Colin McNaughton